De Effies

Een super doelpunt

AVI nieuw: M4
AVI oud: 4

Vijfde druk 2008

ISBN 978 90 269 9882 9
NUR 287
© 2005 Uitgeverij Van Holkema & Warendorf,
Unieboek BV, Postbus 97, 3990 DB Houten

www.unieboek.nl
www.viviandenhollander.nl
www.saskiahalfmouw.nl

Tekst: Vivian den Hollander
Tekeningen: Saskia Halfmouw
Vormgeving: Petra Gerritsen

Vivian den Hollander

De Effies
Een super doelpunt

Met illustraties van
Saskia Halfmouw

Van Holkema & Warendorf

Bas loopt over straat.
Met zijn vader gaat hij naar RVC.
Dat is de club waar Bas voetbalt.
Hij speelt bij de Effies.
En nu is hij de pupil van de week.
Daarom gaat hij bij het eerste
elftal kijken.

Ze spelen zo een wedstrijd.
En hij mag de aftrap doen.
'Heb je er zin in?' vraagt zijn vader.
'Heel veel zin,' zegt Bas.
'Maar ik vind het ook spannend.'
Zijn vader knikt.
'Dat snap ik best.
Het is ook niet niks
om pupil van de week te zijn!'
Hij klopt Bas trots op zijn schouder.

Al gauw zijn ze bij het veld.
Het is er druk.
Kim staat al langs de lijn.
Zij speelt ook bij de Effies.
'Succes Bas!' roept ze.
Bas steekt zijn hand op.
Dan holt hij naar de kleedkamer.

Vlug kleedt hij zich om.
Zijn schoenen zijn gepoetst.
Zijn broek is net nieuw.
En zijn shirt komt uit de was.
Hij ziet er tiptop uit.
'Ga je mee?' vraagt zijn vader.
'Het eerste wacht op ons.'

Nerveus stapt Bas de kantine in.
Daar zitten de spelers al klaar.
'Ha die Bas!' roepen ze vrolijk.
Bas steekt zijn hand op.
Maar hij durft niks te zeggen.
De mannen zien er zo groot uit.
Steef stapt naar hem toe.
Bas kent hem wel.
Steef woont bij hem om de hoek.
Hij is de spits van het elftal.

'Hoi Bas,' zegt hij.
'Fijn dat je er bent.
We willen straks graag winnen.
Moedig jij ons goed aan?'

'Dat doe ik zeker!' belooft Bas.
Opeens is hij niet meer zo verlegen.
Dan is het tijd voor de wedstrijd.
'Is iedereen er klaar voor?'
vraagt Steef.
'Yes!' roepen alle mannen.
'Yes!' roept Bas.

Steef lacht en geeft hem een bal.
'Hier, deze mag jij dragen.'
'Ik?'
'Ja, jij.
Jij bent toch de pupil van de week?'
Bas knikt.
En zo trots als een pauw
loopt hij mee naar het veld.
Daar mag hij de aftrap geven.
De bal schiet weg over het gras.

Het wordt een spannende partij.
Steef is echt de snelste speler.
En vaak denkt Bas:
  Ik wou dat ik zo kon voetballen.
  En als Steef een kopbal geeft,
  doet Bas hem na.
  Zjoefff…

De bal vliegt tussen de palen.
Het wordt een-nul.
'Mooi gedaan!' Bas is dolblij.
Maar al gauw is de stand gelijk.
'Hup Steef,' gilt Bas.
'Hak ze in de pan!'
Hij schreeuwt zo hard
dat hij er schor van wordt.
Het helpt weinig.

Ook na de rust blijft het gelijkspel.
Bas zucht diep.
Wordt er echt niet meer gescoord?

Hij schrikt als Steef onderuit gaat.
Een speler liet hem struikelen.
'Pingel!' roept Bas kwaad.
Hij krijgt gelijk.
De scheids fluit.
Het wordt een strafschop.

'Wie gaat die nemen?' vraagt hij.
Steef steekt zijn hand op. 'Ik!'
Rustig legt hij de bal op het gras.
Bas durft bijna niet te kijken.
Zou het Steef lukken?

Hij neemt een aanloop...
Pang! De bal knalt tegen de paal.
En schiet daarna door in het doel.
'Die zit!' juicht Bas.
'Wat een super doelpunt!'

Het blijft twee-een.
Na de wedstrijd rent Bas
het veld op.
Hij is net zo blij
als de mannen van het eerste.
Ze slaan op zijn schouder.
Ze tillen hem in de lucht.
'En nu op de foto,' roepen ze dan.
'Kom Bas. Jij moet er ook bij.'
Bas straalt helemaal.
Tot slot geeft Steef hem een bal.
Met de namen van alle spelers.
'Wauw!' roept Bas. 'Dank je wel.'

Thuis legt Bas de bal naast
zijn bed.
Elke avond kijkt hij ernaar.
En vaak denkt hij:
Was het maar snel zaterdag.
Dan speel ik net zoals Steef.
En later ga ik ook bij het eerste.
Zeker weten!

Eindelijk is het zover.

De Effies staan klaar op het veld.

Bas, Rik, Koen en Frank.

Milan en Kim zijn er ook.

Jordi hupt heen en weer in
het doel.

'Zet 'm op, Effies,' klinkt het dan.

Bas kijkt verbaasd om.

Hij ziet Steef staan.

Oei, komt die naar hem kijken?

Dan moet hij laten zien wat hij
kan.

En als het fluitje snerpt,
stormt hij weg over het veld.

Hij kijkt niet op of om.

De bal moet in het doel.

Dat is het enige wat telt.

Bas rent... en rent...

'Hier die bal!' roept hij vaak.

Het helpt weinig.

De andere ploeg speelt fel.

Opeens klinkt het fluitje van de scheids.

Frank mag een vrije trap nemen.

Hij schiet de bal naar Bas.

Dit is mijn kans, denkt Bas.

Hij sprint weg.

De bal kleeft aan zijn voet.

Vóór hem is een zee van ruimte.

Hij kijkt naar links...

En schiet de bal in de kruising.

'Een-nul!' juicht Kim.

Kees, hun leider, klapt trots.

En Steef roept:

'Wat een kanjer van een doelpunt!'

Juichend rent Bas over het veld.
Met zijn shirt over zijn hoofd.
Yes! Het is hem gelukt.
Zie je wel, hij kan het.
Hij speelt net zo goed als Steef.
Daarna gaat het spel door.
Bas gaat weer in de aanval.
Hij rent zo hard hij kan.

Maar dan...
'Au!' roept Bas. 'Au, mijn voet!'
Hij valt neer op het gras.
De pijn flitst door zijn enkel.

Kees rent meteen het veld op.
Met een emmer en een spons.
'Wat is er?' vraagt hij bezorgd.
'Ik verzwikte mijn enkel,' snikt Bas.
'Au, wat doet dat zeer!'
Hij probeert niet te huilen,
maar de tranen komen toch.

'Laat eens kijken.'
Kees rolt de kous van Bas omlaag.
'Hm, dat ziet er niet goed uit.
Die enkel is nu al dik.
Daar mag je niet op lopen.'
Bas wordt wit om zijn neus.
'En de wedstrijd dan?'
'Die gaat door zonder jou.'
'Toe nou, Kees,' probeert Bas.
'Ik wil... ik moet...'

Kees luistert niet en draagt
hem naar binnen.
Daar krijgt Bas ijs op zijn voet.

Even later zit Bas langs de lijn.
Om zijn voet zit een verband.
Dat helpt, dat is waar.
Toch is het stom
dat hij niet mee mag doen.
Er is ook geen wissel.

'In de aanval, Kim,' schreeuwt hij.
'Vooruit Frank.
Geef die bal een poeier.'
Hij moedigt goed aan.
Maar als het rust is,
staan ze met twee-drie achter.
Kim sjokt moe het veld af.
'Pfff, ik ben kapot.'

En Frank hijgt:

'We missen je, Bas.'

Ze lopen naar de kleedkamer.

Bas blijft achter op het gras.

Het liefst wil hij gaan staan,

maar dat mag niet van zijn vader.

Daar komt Steef aan.

'Zo Bas.

Hoe gaat het met je enkel?'

'Best goed,' zegt Bas flink.

Hij beweegt zijn voet op en neer.

'Kijk, dit lukt al.
Straks speel ik weer mee.'
'Echt?'
Bas knikt.
'Want ik wil dat we winnen.
En zonder spits lukt dat niet.'
Steef schiet in de lach.
'Dat is waar.
Weet je wat?
Loop eens een stukje.
Dan kijk ik of het gaat.'

Bas zet langzaam een paar stappen.
Zijn enkel steekt nog steeds.
Maar de pijn is al veel minder.
'Het gaat goed,' roept hij blij.
'Ik kan best weer meedoen.'
Zijn vader vraagt:
'Weet je dat zeker?'
Maar Steef lacht.
'Laat die jongen toch.'

Na de rust loopt Bas het veld op.
Zijn voet is nog dik.
En zijn schoen kan niet vast.
Ook hinkt hij een beetje.
Maar dat maakt hem niks uit.
Hij is weer van de partij.

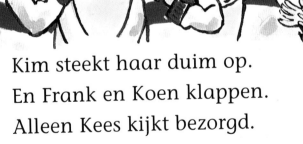

Kim steekt haar duim op.
En Frank en Koen klappen.
Alleen Kees kijkt bezorgd.
'Hé Bas.
Denk je echt dat het lukt?'
'Tuurlijk!'

Bas zoekt snel zijn plaats op.
Al gauw heeft hij de bal.
Toch kan hij niet hard rennen.
'Speel over,' gilt Frank.
Maar de andere ploeg is veel
sneller.

Bijna maken ze een goal.
Jordi duikt net op tijd op de bal.
Bas zucht blij.
Pfff, dat was een mooie redding.
'Kom op, Effies,' roept Kees.

'In de aanval.

Laat zien wat jullie kunnen!'

En Steef roept:

'Speel de bal rond.

En hou hem goed in bezit.'

Dat helpt.

Al gauw maakt Koen een doelpunt.

'Toppie!' juicht Bas.

'Het is drie-drie!

Wij gaan winnen.

Let op mijn woorden.'

27

Maar de andere ploeg roept:
'Dat hadden jullie gedacht!'
Ze gaan fel in de aanval.

Bezorgd dribbelt Bas over het veld.
Zijn enkel steekt en hij is moe.
Toch geeft hij niet op.
Zeker niet nu Steef er is.
'Hoe lang nog?' vraagt hij.
'Nog vijf minuten,' roept Kees.
Jammer, denkt Bas.
Nu winnen we vast niet meer.

De andere ploeg is zo sterk.
Dan is daar opeens die bal,
vlak bij zijn voet.
Bas aarzelt geen seconde.
Hij geeft een flinke trap…
Het enige wat door de lucht schiet,
is zijn schoen.
De bal blijft gewoon liggen.
'Haha! Wat een misser!'
De doelman ligt dubbel.
'Kijk, er ligt een schoen in het doel.
Wat een suffe actie!'

Maar hij rekent niet op Kim.
Want als niemand op haar let,
geeft ze een flinke tik tegen de bal.
'Yeahhh!' juicht Kim.
'Die zit! Het is vier-drie.'
En Steef roept: 'Niet te geloven.

Wat een super doelpunt.'
Bas vliegt Kim om haar nek.
'Dat was zeker een super doelpunt!'
Kim knikt blij.
'Maar zonder jouw schoen
was me dat nooit gelukt.'

31

Dit zijn de boeken over de Effies.
Lees ze allemaal!

AVI nieuw: M3
AVI oud: 2

AVI nieuw: E3
AVI oud: 2

AVI nieuw: E3
AVI oud: 2

AVI nieuw: M4
AVI oud: 3

AVI nieuw: M4
AVI oud: 3

AVI nieuw: M4
AVI oud: 4

AVI nieuw: M4
AVI oud: 4

AVI nieuw: E4
AVI oud: 4

AVI nieuw: E4
AVI oud: 5

www.viviandenhollander.nl

www.saskiahalfmouw.nl